越華截句選

林曉東　主編

截句 ● 是最經濟的精神營養快餐

4 行詩

截句是一串串亮麗珍珠

掛在我們心中

裝飾————
靈
魂

當你煩惱的時候

截句是最善解人意

的夥伴

【截句詩系第二輯總序】
「截句」

李瑞騰

　　上世紀的八十年代之初，我曾經寫過一本《水晶簾捲──絕句精華賞析》，挑選的絕句有七十餘首，注釋加賞析，前面並有一篇導言〈四行的內心世界〉，談絕句的基本構成：形象性、音樂性、意象性；論其四行的內心世界：感性的美之觀照、知性的批評行為。

　　三十餘年後，讀著臺灣詩學季刊社力推的「截句」，不免想起昔日閱讀和注析絕句的往事；重讀那篇導言，覺得二者在詩藝內涵上實有相通之處。但今之「截句」，非古之「截句」（截律之半），而是用其名的一種現代新文類。

　　探討「截句」作為一種文類的名與實，是很有意思的。首先，就其生成而言，「截句」從一首較長的詩中截取數句，通常是四行以內；後來詩人創作「截句」，寫成四行以內，其表現美學正如古之絕句。這等於說，今之「截句」有二種：一是「截」的，二是創作的。但不管如何，二者的篇幅皆短小，即四行以內，句絕而意不絕。

　　說來也是一件大事，去年臺灣詩學季刊社總共出版了13本個人截句詩集，並有一本新加坡卡夫的《截句選讀》、一本白靈編的《臺灣詩學截句選300首》；今年也將出版23本，有幾本華文地區的截句選，如《新華截句選》、《馬華截句選》、《菲華截句選》、《越華截句選》、《緬華截句選》等，另外有卡夫的《截句選讀二》、香港青年學者余境熹的《截竹為筒作笛吹：截句詩「誤讀」》、白靈又編了《魚跳：2018臉書截句300首》等，截句影響的版圖比前一年又拓展了不少。

　　同時，我們將在今年年底與東吳大學中文系合辦

「現代截句詩學研討會」，深化此一文類。如同古之
絕句，截句語近而情遙，極適合今天的網路新媒體，
我們相信會有更多人投身到這個園地來耕耘。

【序】
戰火的回聲

白靈

　　戰火使越南與高棉一度成了全世界媒體最炙熱的
焦點，有好多年幾乎燒紅了所有讀報和望著電視螢幕
的眼睛。越南因為越華詩人的存在和命運的顛簸，比
高棉更引起臺灣詩壇的關切，這是何以迄今臺灣詩人
中來自越南的尹玲、方明，與越華詩人間始終有著千
絲萬縷的繫連，他們詩中也貫穿著揮之不去的創痕、
戰爭陰影、和對家園濃烈的鄉愁，間接也牽引了臺灣
詩壇的關注。

　　如今時過境遷，社會主義與資本主義的百年爭執
從政治社會轉移到民生經濟上來，一切向錢看的資本
主義挾帶強大的科技資訊和民主力量好像略勝一籌，

不可逆的歷史爭端回頭看去簡值就像是兩頭超級大象相互踩踏、老百姓卻無辜遭殃的一場荒謬劇了。

幸好，詩的交流溝通始終走在前頭，從大陸到東南亞都一樣，因喜好華文文字之美的共通性，詩人互動的頻率遠勝於小說和散文作者。且透過網路的臉書、微信、部落格（博客）等的網狀式互動，對此種交流更是如虎添翼，加上近幾年詩的「微化」順應普世行動裝置的方便性，快速地獲得響應，各種小詩、截句試驗紛紛上網，這也是各國華裔截句選得以短時間成書的主因。

此《越華截句選》中與戰火的傷痕和記憶有關的詩不少，比較明顯的如：

〈越戰當年〉／陳國正
一排排沒有魚尾紋的墓碑
整整齊齊站著
夜夜
用風刮著身上致命的彈片

　　「沒有魚尾紋的墓碑」多半是指年輕戰死的士
兵，也可指年少未及變老的百姓，即使以再上等的材
質打造的光滑墓碑，排得再整齊，也無法起死回生。
「夜夜／用風刮著身上致命的彈片」這兩句極具震撼
和傷感，表達了死於戰火之人的痛苦和不甘，風當然
刮不去彈片，只會在地下同歸腐朽。因此不單指死
者，亦指活者身上插著眾多致命的記憶，連接著不知
多少冤死之人。那種痛，作者只用四行就呈現並記錄
了令人動容的驚心畫面，這就是詩的力量。

　　下面過客這首詩則是死裡逃生的親身紀錄：

　　〈卒中餘生〉／過客
　　三月陽春一聲悶雷
　　我轟然倒地
　　閻老五認識敝祖上鍾馗
　　賣個人情，把我悄然放回

　　前二行是寫自己中彈或踩到地雷或遭轟擊倒地的時間和經驗，末二行則是倖而未死或終能死裡逃生的原因，作者卻用幽默輕鬆的口吻編了個匪夷所思的理由。說自己能不死是因「閻老五認識敝祖上鍾馗／賣個人情，把我悄然放回」，這當然是開玩笑，卻是笑中帶淚的。閻羅王據聞為閻魔十王的第五王，故稱之為閻老五，而鍾馗是唐朝才高八斗、學富五車的進士，但相貌醜陋，因而未中狀元，一怒於金階上撞殿柱而死，算是有骨氣之人，至陰間獲閻王力邀，助其捉妖驅魔平鬼，二人自然交情匪淺。而作者過客本名鍾至誠，說是「敝祖上鍾馗」庇的蔭有何不可？如此悲劇卻有了歷史喜劇的效果了。

　　而將戰火餘波的傷痕和記憶隱藏不露，或明明早被時間埋葬掉了，卻可能被勾引出來，或有時半夜驚醒又只能獨自面對，比如下列這三首：

　　〈曾經〉／陳國正
　　你嘻哈擁有曾經

我微笑擺脫曾經

汗與淚的

抽搐日子

〈漩渦〉／梁心瑜

不見澎湃沖擊

悄悄然

隱藏一份驚濤駭浪

〈砧板〉／林曉東

我讓你切到傷痕累累

不見一滴眼淚

當你端起滿盤

血肉模糊的昨日

　　陳國正的〈曾經〉在此成了名詞，有人嘻哈高
興擁有，我微笑地將之擺脫。因為我的曾經與你的曾
經不同，我的是「汗與淚的／抽搐日子」，此八字強

而有力的將過去的歲月作了壓縮和歸納，尤其是「抽搐」二字，其本義是四肢或顏面肌肉不隨意地收縮狀。即抽搐是不自覺的、不隨意的運動表現，本是神經肌肉疾病的病理現象，此處借用為汗與淚會不自主地抽搐日子，即動不動就回到汗淚俱下的過去，此種「曾經」當然早想故作微笑地「擺脫」了。

梁心瑜〈漩渦〉僅三行，說的不是實際的水流現象，是藉水流遇低窪激成的螺旋形渦旋，比喻陷入某種使人不能自脫的境地。其中雖不見澎湃沖擊，卻悄悄然隱藏著驚濤駭浪，指其力度非外表所能窺見。詩除了題目，其實是說明句，且用了套詞澎湃沖擊和驚濤駭浪，但「隱藏」二字仍將漩渦暫時停頓的厲害有力地展現。意即漩渦停頓的當下是過去水流所致，未來會如何發展很難預測，詩意即藏於此不可知中。

越南戰爭結束於1975年，林曉東出生於1980年，戰爭早成昨日，卻是「滿盤／血肉模糊的昨日」，因此詩題「砧板」若解成「戰場」或更能理解此詩「昨日」二字之意。如此「你」或即戰爭或歷史或即殘酷

現實之代詞，而非單指砧板與魚肉的關係。詩中「不見一滴眼淚」若指你，則是冷酷；若指我，或是堅忍之意。詩人借砧板一詞，嘲諷了歷史也批判了現實。

其他的詩人在不少的詩中也多少間接表達了艱困歲月的漫漫長夜，時間卻殘忍地將它們慢慢沖淡，比如：

〈母親的一生〉／蔡忠
每夜
習慣把母親帶著歲月的
滄桑
疊成高枕

〈路〉／鍾靈
足印滿佈深淺遠近
鞋子說：這內容我最清楚
風淡然翻過
沙與塵都不留痕影

　　蔡忠〈母親的一生〉自然是無限滄桑，詩人卻說自己每夜「習慣」將這樣的滄桑「疊成高枕」。而「高枕」二字會讓人聯想起戰國時馮諼為孟嘗君獻策，令其能「高枕無憂」的典故。此處或有二意，一方面因有母親滄桑歲月的犧牲，方能來到較平靜的日子，可以每夜「高枕無憂」。另一方面也可說是將那樣的艱困日子當作警惕或戒懼，不敢輕忽。詩未明說高枕何指，乃有了歧義和想像空間。

　　鍾靈〈路〉的前二行將人與路的關係以最簡約的句子表達了出來，足印深是用力踩、淺是輕踏、遠是路長、近是路短，四字以空間感隱含了漫長的時間感。而鞋子是足印成形的因，鞋的磨損自是當然，「這內容我最清楚」，是以鞋代人說話，口語得極貼切。末二行是自然與路的關係，自然界的風或沙或塵並不清楚路、足印或鞋的存在，即使留下什麼痕影，片刻後也都離去或消失。本來足印也是如此，踩踏後即難再尋，但人和鞋卻會留意和記得這些路和足印。如此，此詩的「路」就不指旅行，而是指向過往的歷

史、戰爭或傷痛，以前後段對比了路或歷史或傷痕在
人心中的重要份量、但在自然界的時空中難留絲影，
有一過即逝的幻滅感。

　　當然，詩的抒情性不單指向戰火的創痕、回憶和
遺憾，尋常日子仍得過，諸多的愛恨情仇依舊糾葛著
人心，其中隱藏著更普世的人性。如下舉二首：

　　　〈期待的心〉／小寒
　　　「船還沒來」
　　　燈未亮
　　　人在橋頭獨白

　　　〈離愁〉／小寒
　　　我留在這兒
　　　船走了
　　　心浪仍在橋頭
　　　重重拍岸

　　小寒此二詩以船寫等待和離別，船來船去多像人生諸多事件的發生，有期許就有失落，船可以是情愛、可以是理想、可以是夢、可以是人、可以是財、可以是物，它成了生命中情思或人事物的重要象徵。此二詩言簡意賅、情境獨造，深得截句精髓。第一首僅十三字，等待前來的是船，應指船上之人，燈是岸上訊號，船未到、時間凌遲著等船之人，「人在橋頭獨白」的「獨白」應指昏暗中的微亮身影，有清寂孤子之感，創造了一等待未得的寂寞情境。第二首僅十八字，首句指出「我」的選擇，未隨船離去，船駛開時浪起拍岸，此處將之虛化為「心浪」，意指「我」的不捨造成心境起伏，如浪重拍橋頭，離愁乃有一明顯景象可依託而益見離別之難。

　　截句（4行以下）像所有的小詩（10行以下）形式，易寫難工，用更少的行數和更少的字，意欲表達相同豐富的內容，難度更高、剪裁更難，留下的空白和想像空間更大，或如下列這首詩所指出的：

　〈截句與絕句〉／浮萍

　是兩個在薄紗中

　抖動的乳房

　讓讀者忖測摸索

　自尋樂趣

　　這是對截句形式的俏皮調侃和幽它一默，把截句若隱若現、不讓看清又十足誘惑的特性點了出來。而第三句「讓讀者」若省去，就有些情色了。

　　由上舉《越華截句選》的詩例可以看出，越華詩人的詩藝和才華，以及現代詩在越戰前後的傳承並未受到太大的影響，戰火的洗禮反而鍛鍊了他們的意志和靈魂。戰事已遠，仍有強烈的「回聲」自四方傳來，卻使詩人們擦亮了眼，認知並擴大了歷史的視野、邪惡的現實和野心，也更具穿透力地看清人性。

　　一般所謂「回聲」（或回音）是指聲音碰到障礙物的反射。聲波一部分會穿過障礙物，另一部分會反射回來，即形成回聲。堅硬光滑的障礙物表面易產生

回聲，粗糙的表面易散射聲音，而表面柔軟的障礙物則易吸聲音。戰爭從來不是柔軟的，而大多是堅硬的粗糙的，因其蹂躪而建起的墓碑和紀念碑可能是光滑堅硬的，時間過去幾十年、一甲子、乃至百年，餘波和回聲可能仍擊傷一兩世代乃至三、四世代的後人，何況是僥倖存活在世的中老年人？

　　國家不幸詩家幸，《越華截句選》雖均只三、四行，卻明顯驗證了詩人從戰火的回聲中汲取出火燙燙的詩作，是如何地擲地有聲，因為那可能是一顆滾動的心臟或頭顱！

【主編序】
拋磚引玉

　　　　　　　　　　　　　　　　林曉東

　　我是在新加坡舉行的2017年第九屆東南亞華文詩人大會上,從台灣名詩人白靈老師的介紹中認識截句。雖然在讀大學時,也曾寫過幾首四行小詩,但那時候,還沒有稱作截句。

　　當拜讀了白靈老師和蕭蕭老師贈送的截句選集之後,我對這種短小精旱的詩體十分喜歡,也來了些靈感,但卻一直沒有寫。直到今年中,白靈老師來信鼓勵我主編《越華截句選》在台灣出版時,我才正式動起筆來寫截句。

　　白靈老師交給我這任務可說是任重道遠。因為在越南寫截句的詩人很少,要找10位詩友一起出版截句

選，談何容易呢。可是，出乎我意料的是，經我介紹
之後，竟有13位詩友共襄盛舉。

　　有些詩友在短時間內寫了40多首，修改了好幾遍
才選出15首，並都在3個月之內寄稿來。現在將13位
詩友的截句集合成冊付梓，雖然作品質量尚嫌參差不
齊，題材也不夠豐富，但都是大家的一番心血。期望
本截句選出版之後，會有拋磚引玉之效，今後有更多
越華詩人加入截句創作行列，寫出鏗鏘力作。

　　值得一提的是，本截句選是越華詩人首次在台
灣出版的詩集。集合了老、中、青三代詩人。我按作
者的出生年份順序編排，讓讀者能更加地了解和認識
越華詩人。同時，我也謹代表本書的詩友，十分感謝
白靈老師的鼓勵、幫助以及作序。希望本截句選出版
後，能激勵越華詩人努力創作，能為世界華語詩壇的
書櫥增添繽紛。

2018年7月31日　胡志明市

目　次

輯一｜劉為安

輯二｜過客

輯四｜刀飛

輯五｜施漢威

輯六 | 浮萍

輯七 │ 故人

輯八｜梁心瑜

輯九｜梁焯婷

輯十 ｜ 鍾靈

輯十一 | 林曉東

輯十二│蔡忠

輯十三 | 小寒

劉為安

劉為安

筆名牖民，逸民，黎安，春秋，慕蘭。

1939年生於越南薄寮省。祖籍廣東高要市。

潁川華文學校榮譽董事長、越南胡志明市華文文學會常值副會長、《文藝季刊》主編，東南亞華文詩人筆會會員。

著有《堤岸今昔》、《後園》散文集；《雪痕》新詩集等。

蓮

不以窮鄉僻壤

純潔　清香

是同塔水域中

一枝獨秀

水草

用奮鬥作歷程

為存在

從窒息的水中

伸出頭

種子

石隙中　沙土上
吸到露水　沾上陽光
自會
萌芽　茁壯

浪

吞了又吐出

抹去多少痕跡

仍留下

人間不少悲歡離合

那年笛聲

浪從風起

金甌峽

一隻短笛

吹起海闊天空

夜遊香江

月色朦朧

船上螢火如癡如醉

妳衝動擁吻我

揚起一船處女香

沒有妳的日子

舒指錯落在琴鍵上

一個個音符降得低沉

沒有妳

我的小曲又要鎖在抽屜裡

大哥的鄉愁

背鄉離井

六十年思親

找回的母親的墳墓

父親的一軼往事

含羞草

一陣風吹過

妳羞怯把葉兒收縮

然後　又偷偷張開

看看四周的變幻

晨曦

一個赤球爬上海面

它的光射穿了藍天

一群小孩捕捉歡樂

幾隻小螃蟹縮進沙洞裡

雲

飄逸無邊際

嘆風無情

說鳥無義

只有藍天才是好歸宿

雨聲

夜
有雨聲
風捲起重簾
細泣扣我心

岩石

堅持矗立

傲然　面對海洋

你星色的戰袍上

只留下　光滑的痕跡

別了二十世紀

江水東流

千帆過盡

未及揮手

你走向歷史定位

九龍江

濁濁的河水

千頃萬頃穗黃

魚蝦蟹　產富

養活　代代人

過客

過客

　　本名鍾至誠，1943年生於越南海防市，祖籍廣東新會。

　　原胡志明市各少數民族文學藝術協會古詩分會會長，東南亞華文詩人筆會會員。

　　著有《行萬里路》散文集。

卒中餘生

三月陽春一聲悶雷

我轟然倒地

閻老五認識敝祖上鍾馗

賣個人情，把我悄然放回

得獎隨感

領獎後，還是回到熟悉的螢屏
丁點兒的榮譽不值得誇耀
但過客的旗號
還是多別上一顆星

紐約街頭

紅黑白黃棕的不息人流

像繽紛的五線譜

戛然而止

因為碰到紅綠休止符

自由女神

白天侵蝕了黑夜

黑夜糅合了白天

只有她，舉著沒有火焰的炬光

——永遠無眠

葫蘆架下

汗水終於換來一串葫蘆

我小心翼翼

它肚子裏

可結有老君的金丹？

夏日

我狂搖蒲扇，氣喘如牛
誰說夏天比春天醜陋？
它糅合汗水和泥土
給農家帶來歡愉和豐收

夏的讚歌

詩人對春天大唱讚歌
我的筆下，夏天才是詩的長河
月光下精靈在跳躍
荷花仙子持綠傘起舞婆娑

街道即景

鋼筋水泥也披起五彩紗

在挖土機轟隆的伴奏下

像著了魔般地扭秧歌

高樓也要跳一曲空中探戈

北方的冬天

什麼是北方的冬天
一家人團團圍著火爐
扔進梧桐的落葉
燒掉秋天的最後訊息

秀昌墓旁

再也尋不著渭黃[1]的蛙鳴
再也聽不見官渡的 "吭唷" 聲[2]
我默默地悼念秀昌墓旁
只有詩魂才能與花草常青

注：

1.南定昔日的渡口。

2.取自詩人秀昌（陳繼昌）詩意。

3.秀昌是南定著名的風土詩人，他
 的墓在渭川湖畔。

鄰女

秋雨那麼淒涼
我心中卻豁然一亮
豈是，鄰家少女，同樣
夜不能寐，悄悄把燈點上

晚鐘

你可聽過河畔的晚鐘？
村姑哼著山歌，月下把米舂
歇著，捧一掬河水
桃腮把河水染得通紅

盼望

已過了黃花時節
我忽然感到忐忑不安
難道東籬有女盼望？
原來──妻在等我開飯

哀菲律賓詩人雲鶴

郵差送來一頁剪報

還是明媚的綠水青山

但雲彩已隨風散去

鶴駕也西行不見返

秋水

春香女史，化身一湖秋水，

相擁的情侶，

且聆聽女史講解：

什麼是愛情。

注：越南十八世紀女詩人胡春
　　香，以風格潑辣的性愛詩
　　聞名。越語胡春香和山城
　　大叻春香湖念法一樣，故
　　有如此聯想。

陳國正

陳國正

　　陳國正，祖籍廣東高要，1945年出生於越南永隆市，高中時已和文學定情。

　　1966年曾任《水之湄》、《湄風》文刊編輯，個人著作有《秋訊之外》散文頁。 1999年任《越華文學藝術》特刊執行編輯，直到2007年因經費停刊。期間2000年主編《越華散文選》，2006年主編《西貢河上的詩葉》詩選。2008年《越南華文文學季刊》創刊，任副主編兼執行總編，一直至今。

著有《夢的碎片》詩集；《笑向明天》散文集。

現為胡志明市華文文學會副會長。

越戰當年

一排排沒有魚尾紋的墓碑

整整齊齊站著

夜夜

用風刮著身上致命的彈片

鄉音

一碟色香味俱全

正宗老家的風味

六十年後才可品嘗

原汁原味的高要鄉音

後記：

2006年初回到廣東高要
市白土鎮馬鞍村與親屬
相聚，感觸淚下，尤其
盈耳親切的鄉音，以詩
誌之。

曾經

你嘻哈擁有曾經

我微笑擺脫曾經

汗與淚的

抽搐日子

螢火蟲

雖然只一點點

微光

從不氣餒

堅持提著衝開黑夜

皮球

焦頭爛額的拼搏

飛躍衝關

一心爭取輝煌

誓不洩氣

往事

（一）

辛辣酸甜無所謂

經過久久冷凍的防腐

一塊塊再夾起下酒

總可品出一番味道

（二）

一枚枚沉積了的

夢再撈起

都已沾滿

淤泥

家庭

一串多亮麗的珍珠

不好好保護愛惜

斷線了

粒粒四處散開

笑聲

生活中多加些調味品

點滴的笑聲

點滴的能量

足夠營養保健

笑臉

經過了整容

一張張的笑臉

會隨著氣候變型

真偽難以辨別

偽笑

上市後一直走俏

今日挺流行的一種

精裝

品牌

老朋友

一杯杯　醇辣

由你選擇品嘗

而陳年的舊釀

是否可肯定越舊越醇

愛情

高端位的新世紀

愛

少不了要加粒粒玉鑽做防腐劑

才可保質久久保鮮

鑽戒

不用附鳳攀龍

璀璨閃爍耀目

指頭上

已劃出位置

下賤

鳥為食亡

魚為餌而上鉤

人的下賤屈膝俯首

圖一步九雲霄

垂柳

甘心任風搖曳
只為貪圖一時安逸
居然彎腰　躬身
再無心向上

越^華截_句選

刀飛

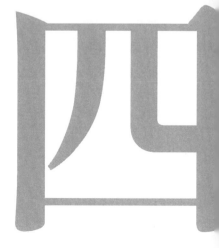

刀飛

　　本名李志成，祖籍廣西省防城縣人，1947年生於越南海防市，《飄飄詩社》和《風笛詩社》成員。

　　曾主編《飄飄詩頁》和《風笛詩展》，60年代與越華詩友合著《十二人詩輯》，2011年出版個人詩集《歲月》。

露珠

當微曦走進樹叢裡
那顆整夜不眠的露珠
把夜的故事說完
就匆匆乘風羽化

2018年2月12日

沉淪

黃昏後，喝得滿臉通紅的太陽
醉醺醺的撞在對山的山脊上
害得可憐的晚霞獨力撐著天邊
也漸漸的沉落消逝

2018年2月8日

送秋

夜雨蕩漾成河，誰在舟中哭泣？
每次臨別盡灑瀝淅的淚汩
帶著絲絲幽怨悄悄離去
總不許人間見妳白頭

2017年9月15日

落日

對江的鴕峰長著兩顆尖利的獠牙
正緊緊吞噬著就快下班的落日
那是塊圓圓的香噴噴的紅燒餅
鴕峰說：要慢慢地嚼慢慢地吃

2018年2月15日

北風起兮

北風起兮，吃著家鄉風味的湯圓
這是爺爺嬤嬤從古老的北鄉
帶來南土的家規，一種懷念
一種忘不了的鄉愁

2018年1月24日

歲月

流水把你的半生輝煌淘盡
你只是幾經風雨的朽木
萎縮地躲在茁壯的叢林中
獨自悵望幾度夕陽紅

2016年5月26日

海峽兩岸

海峽兩岸是一條拉壞了的拉鍊

裂開兩邊，唯有智慧的母親

用手拆掉，換上母親的臍帶

一針一線，把裂口細心縫合

2015年11月17日

街燈

晚間，彎腰弓背
睜眼盯著大街一舉一動
日間，閉目打盹
寧死都要站崗，誓不回家

2014年8月13日

淚燭

以血釀淚，以淚釀火

點燃一把溫柔的光亮

當生命走到盡頭

流乾的淚，凝結成一灘鮮血

2014年6月22日

歲月單程票

是時候下車了！終站已到
這是一張單程的車票
縱使忐忑不安，願意不願意
都沒有回歸的路程

2017年1月18日

父親的臉

今夜，讓我

以骨為桿，以髮為絲

以心為餌，以腦為河

輕輕垂釣，您一簍的慈祥

2014年12月6日

過佛門不入

一陣清唱流自溪澗

是蟬聲也是禪聲

過佛門不入

心中已無糾纏的結

2012年3月4日

釣魚島

愛穿燕尾服的日本高官
像極了冰原上的企鵝，餓瘦了！
難怪整天嚷著要到釣魚島去
就是要吃光那裡的魚

213年1月15日

走入歷史

我面對歷史，正襟危坐

歷史凝視我，我凝視歷史

我驀然發覺，歷史的脂粉太過浮誇

該動手術還原歷史的素臉了

　　　　　　　　　　2012年12月15日

迷靈廣場的陳興道銅像

我仰首瞻望
青銅色的冑甲上泛起斑駁的銅綠
一絲傷感驀地像輕雲般掠過心頭
大將軍畢竟老矣！

註：陳興道是越南陳朝時代的抗元英雄。

2015年1月15日

輯五

施漢威

施漢威

　　1950年出生於越南西貢。籍貫廣東鶴山。

　　越南胡志明市師範大學畢業。作品散見於國內外詩刊、網站。

　　現為穎川華文學校資深教員，東南亞華文詩人筆會會員、越南胡志明市華文文學會《文藝季刊》副主編。

相思

天邊一抹殷紅

是杜鵑啼血

夜夜哀啼的斷腸相思

夜雨

淅淅瀝瀝

誰在如此深夜

將雨紡織

一張溫柔浪漫的情網？

夏

蟬聲鼓噪

荷蓮高舉曬紅的拳頭

抗議

這季節的火焚

燭

瀑布般的淚極其誇張
從眼眶直流足踝更盤了根
世界
真的令你如此不堪？

重逢

擱置幾十年

以為已枯朽

燃燒起來

依然火光熊熊

老人

青春的灰燼飄散歷史深處
生活只剩蒼寂回憶
日曆的厚度
更形單薄

時間列車

列車開走

拐去我生命中的綠意

那些吉光羽片

夢中會否認得路歸來？

理髮

三千根煩惱絲著地

瞬即

又在心頭冒起

醫牙

何罪之有？

鉗、鑽、挫、鑿

飽受摧殘

還得奉上不菲的賄賂費

夢裡人

名字已刻鑄墓碑

猶化作嬝嬝輕煙

飄入

深閨的夢裡

綠萍

水流湍急

參賽的泳手奮力前衝

任你如何拚命

也無法游到自己的家

截句

繁複的大堆文字

壓縮成快餐

納入

精神的腸胃

陰影

影子般隨身跟蹤

數十載仍無法擺脫

深夜夢中

往往用血淋淋來驚嚇我

變心

春花嬌艷

樹伸出臂彎擁抱

花殘凋萎

將之摔落泥土

鼻鼾

世上最難受的惱人音樂

徹夜演奏

害得夢無處藏身

輯

浮萍

六

浮萍

　　原名溫漢君，祖籍：中國廣西防城，1953年生於
越南廣寧省芒街縣馬頭山腳。

　　現居越南胡志明市。萬豐五金機械公司主理人。
越南溫氏大宗祠理事長。越南湄江吟社社長。

想

抽根西貢牌香煙

啜一口中原咖啡

想著妳

順化的長衫身影

魚雁

魚與雁知否我的心事

替我捎個口信

告訴她

我沒有忘記

高血壓

是宿命

要與你

一生

形影不離

手術房

白袍是純潔的
在血腥味充斥的
手術房
卻那麼刺眼

雨別

雨打在傘上淅瀝

痛的

在撐傘者

心中

秋風

風起
把詩葉吹得七零八落
片片
有一些落入我夢

母親

她做的糕餅只給客人吃
留給我們的是成長和學業
手中扣著的補丁
是兒子身上的溫暖和期望

截句與絕句

是兩個在薄紗中

抖動的乳房

讓讀者忖測摸索

自尋樂趣

噴水池中的水柱

噴得多高

都是要掉下來的

都是景色擺設中

一偶的道具罷了

接枝

我願把身段降低

讓你接上

期待下一個花季

燦爛盛開

一杯普洱茶

苦澀

是人生

甘甜

是成果

執著

是一塊壓著心頭的石塊

只有摔開它

留下空間

裝滿寄給妳的詩頁

詩篇的誕生

一副老花鏡瞪大雙眼

眼瞪著香煙瞪著煙霧

彌漫整個斗室

詩成

蠟燭

燃燒歲月

縱然有淚

也要把一點光

留給世上

椰樹的剖白

非關風事

只為佇立海邊等你

心情絮亂了髮絲

非關風事

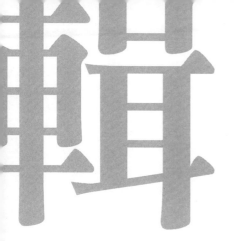

故人

故人

　　原名馮道君，1956年生，現居胡志明市。

　　原《西貢解放日報》文友俱樂部主任。

　　越南胡志明市古詩會副會長，馮氏大宗祠名譽理
事長。

　　著有《空白》三人現代詩合集。

春酒

醉了我

醉不了我的詩意盎然

醉了大地

醉不了復甦的春光明媚

問月

中秋的詩離不開月
可是我的月亮
到底妳來自哪個故鄉？
把酒問青天

秋

聒噪的蟬兒逐漸噤聲

迎來秋的跫音

金風飄舞瓣瓣落葉

敲打驛動的詩心

雲

戴著變幻無窮的臉譜

遨遊在空中

妳的心事

只有風能解讀

過年

年就這樣說過就過了
剩下來的餘興
妻醃成一道家鄉盆菜
教我慢慢回味

價值

一首詩佔用

一杯咖啡的時間

花費寥寥無幾

靈感一擲千金

落葉

活力隨青春一起失去

我唯有乘著秋風

飄然降落大樹根旁

回歸我原來的家

葡萄

甜的是捧在手裡的今天
酸的是扔在地上的過去
苦澀的可能是未知的將來
當然亦要嚐一嚐

休閒

將歲月投入

黃昏日斜的池塘裡

輕舟優遊

在蓮花與荷葉偎依的空間

夕陽無限好

夕陽在天邊

抹上斑斕的彩雲

晚風吹起悠然的笛聲

嫋嫋如屋脊上的炊煙

吟成詩的月亮

晚風掠動掛在樹梢的月亮
搖搖欲墜
我以雅典的辭藻將它吊起
吟成一首幽懷的古詩

心血

寥寥幾個字的詩

醞釀了多少嘔心瀝血

予人氣定神閒

享受驚與喜的交替

初秋

綠葉未到飄零時候

縈繞著十分紳士的枝椏

期待一陣輕風奏起

婆娑共舞華爾茲

生命

蠟燭

越燃越短

蠟淚

越流越多

哈哈鏡

人啊！
原來這麼的醜陋
從每一個角度
都有不同的反映

輯

梁心瑜

八

梁心瑜

祖籍廣東新會，1961年生於越南西貢。

現為胡志明市華文文學會執委會委員、胡志明市華文學會《文藝季刊》執行編輯、東南亞華文詩人筆會會員、尋聲詩社成員。

2008年開始學習寫作，作品散見在越南《文藝季刊》、《越南華文文學季刊》、《西貢解放日報》、尋聲詩社、新加坡《新世紀文藝》、《新加坡詩刊》、東南亞華文詩人網、《菲律賓新潮文藝社月刊》等。

收割

推著一車車成果回家
在老花鏡下數著帶回來的喜悅

歲月原來
也將我的青春收割打包

無題

晚雲雖美

竟無法將欲飛的鳥挽留

就讓一切

跌入沉默歲月裡

失智

日子注滿枯萎
醒與非醒黑白顛倒

一切真幻
在歲月呻吟

希望

一直隱身歲月

偶揮出點點色彩

海與天空不再蒼茫

老花眼

奈何

遠看不清近看也朦朧

留不住的明亮清澈

讓人留戀的總是昨天

偶遇

太陽與雨來不及對話

便各散西東

繡球

沒有華麗高貴也不清幽雅緻

忠貞圓滿卻是一生擁有

在粉紅與藍色浪漫歲月裡

已足夠

橋與河

眼神交接風雨見證

此生歲月裡

你中有我我中有你

迷宮

不見明媚陽光與指示牌

碎落的青春

能否迎來最美的夕照？

河流

不甘瘦成窄窄的歲月

背著日月

天之涯海之角

追尋　澎湃活力

急進

夕陽

融於黑夜是準備下一次

東山再起

你忙將夜色收起急塑另一個黎明

日曆

一頁頁的撕下
童真　成長　暮年
人生三部曲
伴奏著高低唱吟

漩渦

不見澎湃沖擊

悄悄然

隱藏一份驚濤駭浪

煙花

繽紛燦爛的色彩
卻不屬永恆
為了剎那芳華瞬間的絢麗
而無悔燃燒自己……

鞋子

伴著你伴著我
我的夢你的情

不驚動歲月
默默穿越千山萬水

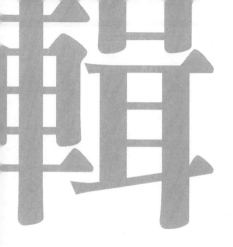

梁焯婷

梁焯婷

　　筆名：焯婷，1962年生於越南西貢，祖籍中國廣東南海縣。

　　1989年至2012年從事華文教育工作，2013年至今從事旅遊業。

　　愛好寫詩、繪畫、音樂、舞蹈、體育、旅遊。

　　越南胡志明市華文文學會執委會委員、東南亞華文詩人筆會會員。

　　作品散見於《文藝季刊》、《西貢解放日報》，台灣函校期刊等。

憶童年

騎著單車

你追我逐

時光可否暫停一刻

讓我追逐童年回憶

依戀

黃昏依戀在

平靜的海面上

我依戀黃昏時

邂逅那一刻

落葉

枯黃的葉

緊靠樹的盤根

不知何去何從

落葉歎息，秋風無情

月溫柔

夕陽退下
你就璀璨露面
雲蓋不住你的溫柔
星奪不去你的光輝

碎夢

火車笛聲聲響
帶走了甜蜜
留下一縷青煙
留下一堆碎夢

獨白

借一首歌詞

獨白我的心

借一曲樂章

為我們伴奏

小路

沿著小路

月下漫步

漫長的小路

是否帶我走向幸福的旅途

覓知音

風淒淒，雪飄飄

走遍千山水

哪裡可覓

知音人

思念

快艇奔馳

遠眺

無際的海洋

掀起愁緒思念

相隔

你對我說早晨
我對你說晚安
半球相隔
心靈相通

叛徒

如果我做了上帝的叛徒

不是上帝對我失望

而是我對世界沮喪

懷舊

一樣的松林
一樣的香湖
不一樣的是
見不到昔日的靈魂

分手

決定要走

何須挽留

請把你的諾言

一起帶走

落花

粉紅的小道上
一陣陣微風慢起暖意
櫻花簌簌飄落
花瓣中混合碎夢片片

思鄉

翠竹茂盛

遠處簫聲悠揚

帶著嗚咽不絕思鄉愁緒

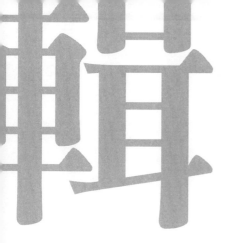

鍾靈

鍾靈

　　原名譚仲玲，祖籍廣東中山，1962年在越南西貢出生。

　　從小愛好文藝創作，現為文具市場推銷員、東南亞華文詩人筆會理事、越南胡志明市華文文學會執委會委員。

　　作品散見於越南《文藝季刊》、《越華文學藝術》、東南亞華文詩人網。

　　著有《鍾靈詩選集》。

尋詩

請借雙鞋子

或許步高步低

但　一行足印

終究會還你

旋轉玻璃門

轉出朝陽　轉回黃昏

人擦肩　心隔離

玻璃門日夜旋轉

冰冷的臉

竹葉

竹把心掏空

走向佛說的萬緣放下

葉讓露珠沾染成淚

擺不脫喜怒哀樂

閱兵有感

導彈沉思

當地球

因我的分裂而毀滅時

人類可會心生悔意

日出

在水底　　在雲中
朦朦朧朧
雁橫過嘎嘎長鳴
世事如夢……世事如夢……

路

足印滿布深淺遠近
鞋子說：這內容我最清楚
風淡然翻過
沙與塵都不留痕影

眸

可以丈量多深？
一句「驀然回首」
把歲月
望成幾千年的厚

新詩

抿嘴一笑，掛起個新月
酩酊了，把空酒瓶橫放
有人看是夜宴
有人讀是鄉愁

我

喜歡你的人笑

憎厭你的人也笑

在冷和熱笑臉中

決定把我忘掉

愛

那一年花開時節
墜入了深深的海
從此開開合合
瞳仁都是粉粉的嫣紅

忘我

怎樣將我搗碎

再無高低大小

晶瑩水珠一顆

流向海裡

仙人掌

總要扎到肉

便責難刺的惡

善良的仙人掌瑟縮在沙丘

疑惑著伸過來採摘的手

波浪

永遠不能靜止
高低上下
誰大喊，不要隨波而走
遠方的風在黑夜中刮得更凶

除夕煙花

感謝黑夜

讓我的光芒盡情輝煌

燃燒吧

願你記憶裡有我影像

藏

把意思藏好

拉下窗簾

一切留給月朦朧

風拂動

林曉東

林曉東

本名林大富,又有筆名林小東。

1980年生於越南胡志明市,祖籍福建同安。胡志明市師範大學畢業。著有詩集《西貢情侶》、《緣份渡口》、《和平鴿的苦惱》、《冰淚》、《那雙眼睛》;散文集《念念不忘是那風箏》。

東南亞華文詩人筆會常務理事,越南華文文學會副會長,東南亞華文詩人網主編,越南華文《西貢解放日報》執行編輯,越南福建溫陵會館理事。

無奈

怎麼掃除乾淨呢
當落滿地的
不是枯黃的葉
而是蟬聲

追逐

你在花園追逐著蝴蝶

蝴蝶追逐朵朵芬芳

芬芳追逐凋零

凋零追逐遺忘

砧板

我讓你切到傷痕累累

不見一滴眼淚

當你端起滿盤

血肉模糊的昨日

落葉

隨著風　葉
徐徐飄落

樹　守不住
變黃的心

彼岸

你的眼睛是一條河

我欲泅到彼岸

無奈跌落河中

抓到一把擰不乾的思念

鐵達尼號

船　沉落海的記憶

日月淡忘

愛　浮上海浪

日月迴響

清明

提著沉沉思念

放在墓前

點燃炷香

燒燼潮濕歲月

初見雪花

一片一片似童年

美得抓不著

潔白得無聲

落在我風塵瞳中

出海

我隨漁夫出海釣墨魚

用滿滿信心做餌

卻釣到一晚潮聲歸來

雨天

她坐在窗前
聽雨的喧嘩
聽風的料峭
聽房間寂寞的潮濕

敬贈劉為安先生

你撐起病痛
帶著沉沉的斷層歲月
蹣跚走向東南亞詩會
為越華詩壇掀開明天

註：劉為安先生現為越南胡志明
　　市華文文學會常值副會長，
　　為推動越南華文文學、教育
　　發展作出諸多努力。

政治家

橫飛口沫
是一粒一粒糖果
吃下了，便長成
童稚小孩

湖上夕陽

漸漸老去的

夕陽

在歸帆湖泊上

投下珠黃的憂鬱

解脫

一朵朵白雲
被烏煙瘴氣纏得灰頭土臉
一陣冷風把它解脫
雨落滿地

幸福

撫摸妳的俏臉

似捧著晶瑩剔透露珠

只怕驚醒晨曦

掀開溫柔

蔡忠

十

蔡忠

　　本名趙忠。祖籍廣東潮陽。自小對文學信仰虔誠，喜愛詩文創作，書畫音樂陶冶情操。

　　現為世界華文作家交流協會永久會員、世界華文作家協會會員、亞洲華文作家協會會員、風笛詩社同仁、《越南華文文學》季刊編委、《文藝季刊》編委、胡志明市華文文學會第五屆執委、胡志明市書法會會員、胡志明市華人美術分會會員、胡志明市第五郡美術俱樂部會員。

2000年至今榮獲文藝創作獎有18項、成人精神獎、優等獎。

2006年榮獲《西貢解放日報》徵文比賽優異獎。

著有《搖響明天》詩集。《點亮行程》散文集。

閱讀母愛十二章
（一）母親

天下

萬千兒女

心靈的

歸宿

閱讀母愛十二章
（二）母乳

直至流盡最後

一滴血和淚

也要把乾涸的心田

生生不息

閱讀母愛十二章
（三）母愛

一串串

熟得紅透

沉甸甸的

碩果

閱讀母愛十二章
（四）母性

是一本厚重的傑作

承載著歲月之痕

畢生感觸不完的

美

閱讀母愛十二章 （五）慈母

用盡博大而深厚的力量

把愛搭成了港灣

寬容著

我們

閱讀母愛十二章
（六）老母

不知何時絲絲白髮

流成了涓涓的細溪

流淌了百轉千回

流逝了歲月

閱讀母愛十二章
（七）母情

一個幽美而神聖的

心靈

深

不見底

閱讀母愛十二章
（八）母親的一生

每夜
習慣把母親帶著歲月的
滄桑
疊成高枕

閱讀母愛十二章
（九）母親的呼喚

一種最美麗

最動聽的聲音

我這輩子的

激盪

閱讀母愛十二章
（十）媽媽

世上再沒有

更溫馨的

一個

詞

閱讀母愛十二章（十一）媽媽的吻

只有一種美的體貼

黏住了心靈

醉了魂

一個造就一世界

閱讀母愛十二章
（十二）媽媽的愛撫

與生俱來的使命

早已穿越時空

感受

一生

後記：2013年10月14日世界華文作家大會
　　　誠邀，再度飛赴。文人歡聚，盛情
　　　拳拳，感受文學萬千，彷彿又回到
　　　母親溫暖的懷抱裡，尤其盈耳親切
　　　的美音，以詩塗之。

樑柱

為了這頭家
硬撐著
腰
不能彎

塑膠花

再嬌艷
畢竟也沒有根
只不過一層
裝扮上場

皺紋

父母臉上的一絲絲

不經意織出

深沉的

時光

越^華截_句選

小寒

十三

小寒

　　本名湯惠茹，祖籍廣東花都。1985生於越南平陽。

　　2006年獲胡志明市華文教育輔助會出版的《萌芽叢書》一等獎；越南華文文學徵文比賽三等獎；越南尋聲詩社圖片編輯、東南亞華文詩人筆會會員；作品散見於國內外報章、詩刊、雜誌等。

　　作品入選越南《采文集》、《詩的盛宴》、《詩浪》等。

冷戰

攝氏三十九度的胡市

也抵禦不了

你

那沉默的冷

貓的心事

偶爾

風中吶喊　雨中哭泣

貓的心事

誰能讀懂

畫框

他使勁地划著船

划了千年

始終　划不出

那一年釘上的　木框

原來

明明戴上眼鏡

偏偏看不透真與假

原來　淚洗過的眼睛

看得最分明

習慣

你習慣在夜裡習字　寫詩
我習慣在夢裡等你　想你
詩中有我
夢中有你

是你如風

思念在心湖漾開的漣漪

是你如風

將屬於我們的歲月

徐徐吹走

影子

真是言語不能表達

我終生

默默去愛

一個自己

期待的心

「船還沒來」

燈未亮

人在橋頭獨白

停電

今夜家裡沒有光明

黑暗　　黑暗

我躺在夢的床

聽寂寞在唱歌

風濕

早忘了風吹過雨打過的歲月
不再年輕
夢也是麼　潮濕的季節
刻意提醒我的痛

思念

是一道快痊癒的傷口

既癢又疼

是喉嚨中滾動著的二十四味

既苦又甘

跟詩相會

與你約定的晚上

害怕失眠

終於入睡了

你來不來跟我夢中相會

靈感失約

今夜

無風　無月　無詩

只有我和我的影子

對話

離愁

我留在這兒

船走了

心浪仍在橋頭

重重拍岸

寫詩

詩人是貓

靈感是鼠

生活是魚

老鼠難抓　鮮魚易甜

【附錄】
越南華文文學溯源

劉為安

　　自古以來，越南文字都沿用漢字。在越南，人們通常把漢字稱為「儒字」，也就現代的「華文」。

一、簡略越南漢字（華文）全盛時期及其衰落過程

　　漢字在越南源遠流長。後來因為漢字不能記錄漢語以外的地方方言，越南學者在漢字的基礎上創造了：「喃」字。喃字是直接取漢字或漢字偏旁創製而成。因為構造複雜、難學、難寫、難記，所以它只能在深諳漢語的士大夫應用流傳，難以在民間推廣普及。

　　法國入侵越南後，為了全面殖民化政策，創造出一套拉丁化拼音的越南文，即現在的越南國語。於是漢字和喃字日漸式微。

　　與東南亞其他國家的華文文學不同，越南華文文學由兩部分組成。一是越南民族作家的華文作品；二是越南華僑華裔用華文創作的華文作品。

　　法國殖民者佔領越南之前，越南民族作家的華文作品，在越南文學史上佔有很重要地位。如越南著名詩人「傘陀」的華文詩篇，他譯的「唐詩」為越南知識界必讀的教科書。越南狀元「阮攸」以華文詩體創作的長篇小說「金雲翹」被譽為越南的「紅樓夢」。因深受中國的古典文學影響，這些越南民族作家創作的華文作品，多採用韻文形式，其中以詩賦為主。

　　19世紀60年代越南淪為法殖民地後，以拉丁文字進行創作的越南國語文字興起；越南民族作家的華文文學逐漸衰落。

二、越南華文文學的誕生

　　20世紀20年代後，中國五四運動的影響擴展到越南。中國大陸的新詩、散文、小說和戲劇作品大量流入越南。可是當時華文文學創作除了「舊瓶新酒」式的舊體詩詞外，還沒有出現以白話文創作的新文學作品。

　　到了20世紀30年代後，越南南方因為政治穩定，華僑華裔的聚居地，西貢堤岸區成為經濟發展中心和華文新文學的策源地。

　　當中日戰爭爆發，不少大陸文化人南來西貢堤岸，他們到來，不僅充實壯大了南方的華文教育力量，且為越南文壇注入了活力。越南廣大的華僑華裔在民族的存亡關鍵時刻，除了捐錢捐物支持抗日外，還撰寫了各種形式的文學作品，發表在《全民日報》，《遠東日報》、《越南日報》等華文報上，同聲譴責日本帝國主義的侵華暴行。號召越南華人團結一致，救亡圖存。這些作品，既有傳統詩詞、歌賦，也有大量的白話文作品。這些救亡鬥爭的白話文文學

作品，標誌著越南新文學的誕生。

三、越南華文文學的盛旺時期

　　1945年第二次世界大戰結束，中國大陸又燃起內戰烽火，大批中國文化人為避戰亂來到西貢堤岸，這些文化人湧入，不僅使越南華教事業出現一派興旺景象，也使華文文學創作與評論隊伍空前壯大。當時發行量最大的《遠東日報》注重引入人才。聘用了鄔增厚、馮伯燊、馮卓勳等名報人。在土壤肥沃，陽光充足的有利環境下，越南華文文學有了長足的進展，湧現了大量思想性和藝術性很高的文學作家。

　　1954年7月，法、越在日內瓦和會上簽訂協定，結束了法國歷時八年的侵略戰爭，但獨立的越南卻分為政治制度截然不同南北兩方。

　　1969年，當北越禁止中華文化的傳播和僑社活動的時候，在越華發祥地的越南南方，數以百計的華人學校照常舉辦。各華校的教科書是採用臺灣和香港的

教材。而堤岸的華文書局也入口了大量的文學作品，精神糧食豐富。在此同時，堤岸的《遠東日報》、《建國日報》、《亞洲日報》、《成功日報》、《新論壇報》、《越華報》等華文報依然堅持出版。「文藝副刊」使越南華文文學得以延續下去，而且培養了大批新作家。這一時期的越南華文文學創作，除了詩歌以外，越南華文文學在散文和小說方面也取得了令人可喜的成績。

四、越南華文文學的冰結與復甦

　　1975年西貢政權垮臺，越南南方解放。1976年宣佈南北統一，改國名為「越南社會主義共和國」，並將西貢、堤岸、嘉定省各郡縣合併為胡志明市。

　　越南統一後，因受內部社會政治因素和國際形勢影響，越南南方西貢堤岸幾十所華文學校被逼關門。十多家華文報紙被勒令停刊，越南華文文學進入了冰結時期。

　　1982年，越南實施改革開放政策，由於內政外交的戰略性，重新調整對華關係，制定改善國內華人華裔人事的種種措施，確定華人為54個民族之一，准許華校復課，准許華人文化團體成立和展開活動。

　　華文《西貢解放日報》作為當時越南唯一合法的華文報，承擔起了振興越南華文文學的重任。自1982年起，西貢解放日報每年都主辦一次文體不同的華文徵文比賽。對促進越華文學再度繁榮起了不可低估的作用。

　　1990年代後，越南革新開放政策深化，經濟社會的發展，華文的商業價值與國際地位提高，越南華文文壇呈現一派春意盎然的新氣象。

五、越南華文文學的轉捩點

　　1990年代以後，胡志明市各民族文學藝術協會進行第二屆大會，並選出新執委。到了1996年協會才指導成立市華文文學會，並由時任《西貢解放日報》副

總編輯陸進義為首任會長。

同年，市華文文學會出版了第一期《越華文學藝術特刊》，並延續出版了22期。後因為經濟拮据，《越華文學藝術》被迫停刊。

到了2012年，市華文文學會第三任期接替後，新人新政，在新執委們努力奮鬥的同時，得到穗城、義安、二府、海南、崇正、溫陵、永春會館理事會和各界熱心人士的贊助而開創了以現代詩為主，散文與小說輔助的《文藝季刊》。於是老、中、青三代文友又回歸共同耕耘。

六年來《文藝季刊》得到市華人群體、學校老師、學生的讚賞。《文藝季刊》的稿費創造了寫作精神。

如今，胡志明市除了《西貢解放日報》華文版的「文藝」和「學生」版外，市華文文學會的《文藝季刊》是越南華人群體主要的精神糧食。

六、越華詩友踴躍出版現代詩集

在越南華文現代詩方面，20年多來，現代詩可以說比起其他散文、小說體裁更為備受關注和蓬勃發展，越華詩壇所出版的詩集比其他體裁多，具體是由胡志明市華文學會編輯出版的有《越華現代詩鈔》、《西貢河上的詩葉》、《詩的盛宴》詩合集；由越華詩友個人出版的詩集有李思達主編的《詩浪》詩合集；故人、浮萍、江楓的《空白──三人現代詩集》；李偉賢《燃燒歲月》；陳國正《夢的碎片》；趙明《守望寒冬》；劉為安的《雪痕》；林曉東的《冰淚》、《那雙眼睛》；林珮珮的《是你給我帶來春意》、蔡忠《搖響明天》；曾廣健《青春起點》；林松風《歲月如歌》詩文集等。此外，也有若干位詩友如施漢威、李志成、秋夢、過客、鍾靈、梁心瑜、小寒的詩集還未正式出版，但也已結集成冊複印贈送詩友存閱，展現了越華現代詩在越南統一後的新面貌。

七、小結

　　隨著越南國家政策的調整及華文國際地位提升，越南華文教育及華文文學開始復興，民族文化復甦，極大振奮了越華作家，他們紛紛執筆發表他們對民族傳統文化的摯愛。

　　1993年12月華文解放日報副主編陸進義主編，河內民族出版社出版的《越華現代詩鈔》，是越南統一後第一本越華詩集。該詩集收錄了31位越華詩人72首詩歌。2000年2月由華文文學會主編，河內出版社出版《越華散文集》。接下幾年，胡志明市（西貢）年輕人出版社、世界出版社，文化文藝出版社也先後出版了老、中、青三代的一些詩集、散文集，充實了越南華文文學的書櫥。

　　越華文學25年來，一批年輕的華文作家如林曉東、李偉賢、小寒、林珮佩、蔡忠、譚玉瓊等已茁壯成長。雖與馬來西亞、新加坡、泰國、菲律賓等國的華文文學相比，越南華文文學比較年輕，可在他們的

努力奮鬥求進的精神上，越南華文文學遲早都會匯入
世界華文文學的源流。

註：本文有藉助部分海外作品內容，經筆者修正補充
　　後發表。

語言文學類　截句詩系29　PG2137

越華截句選

主　　編 / 林曉東
責任編輯 / 鄭夏華
圖文排版 / 周妤靜
封面原創設計 / 許水富
封面設計 / 王嵩賀

發 行 人 / 宋政坤
法律顧問 / 毛國樑　律師
出版發行 / 秀威資訊科技股份有限公司
　　　　　114台北市內湖區瑞光路76巷65號1樓
　　　　　電話：+886-2-2796-3638　傳真：+886-2-2796-1377
　　　　　http://www.showwe.com.tw
劃撥帳號 / 19563868　戶名：秀威資訊科技股份有限公司
　　　　　讀者服務信箱：service@showwe.com.tw
展售門市 / 國家書店（松江門市）
　　　　　104台北市中山區松江路209號1樓
　　　　　電話：+886-2-2518-0207　傳真：+886-2-2518-0778
網路訂購 / 秀威網路書店：https://store.showwe.tw
　　　　　國家網路書店：https://www.govbooks.com.tw

2018年11月　BOD一版
2019年1月　BOD二版
定價：430元

國家圖書館出版品預行編目

越華截句選 / 林曉東主編. -- 一版. -- 臺北市：
秀威資訊科技, 2018.11
　　面；　公分. -- (語言文學類)(截句詩系；
29)
　BOD版
　ISBN 978-986-326-628-0(平裝)

868.351　　　　　　　　　107018867

讀者回函卡

感謝您購買本書,為提升服務品質,請填妥以下資料,將讀者回函卡直接寄回或傳真本公司,收到您的寶貴意見後,我們會收藏記錄及檢討,謝謝!如您需要了解本公司最新出版書目、購書優惠或企劃活動,歡迎您上網查詢或下載相關資料:http:// www.showwe.com.tw

您購買的書名:_____

出生日期:_____年_____月_____日

學歷:□高中 (含) 以下　　□大專　　□研究所 (含) 以上

職業:□製造業　□金融業　□資訊業　□軍警　□傳播業　□自由業
　　　□服務業　□公務員　□教職　　□學生　□家管　　□其它_____

購書地點:□網路書店　□實體書店　□書展　□郵購　□贈閱　□其他

您從何得知本書的消息?

　　□網路書店　□實體書店　□網路搜尋　□電子報　□書訊　□雜誌

　　□傳播媒體　□親友推薦　□網站推薦　□部落格　□其他_____

您對本書的評價:(請填代號　1.非常滿意　2.滿意　3.尚可　4.再改進)

　　封面設計____　版面編排____　內容____　文／譯筆____　價格____

讀完書後您覺得:

　　□很有收穫　□有收穫　□收穫不多　□沒收穫

對我們的建議:_____

_____

_____

_____

11466
台北市內湖區瑞光路 76 巷 65 號 1 樓

秀威資訊科技股份有限公司　　　收

BOD 數位出版事業部

....

（請沿線對折寄回，謝謝！）

姓　　名：＿＿＿＿＿＿＿＿＿　年齡：＿＿＿＿　性別：□女　□男

郵遞區號：□□□□□

地　　址：＿＿＿＿＿＿＿＿＿＿＿＿＿＿＿＿＿＿＿＿＿

聯絡電話：(日) ＿＿＿＿＿＿＿＿＿　(夜) ＿＿＿＿＿＿＿＿＿

E-mail：＿＿＿＿＿＿＿＿＿＿＿＿＿＿＿＿＿＿＿＿＿